TRADUCTION D'ANNE DE BOUCHONY

ISBN : 2-07-054287-4
Titre original : *Me and my Cat ?*
Publié par Andersen Press Ltd., Londres
© Satoshi Kitamura, 1999, pour le texte et les illustrations
© Gallimard Jeunesse, 1999, pour la traduction française,
2004, pour la présente édition

Numéro d'édition : 95219
Loi n° 46-956 du 16 juillet 1949
sur les publications destinées à la jeunesse
Dépôt légal : février 2004
Imprimé en Italie par Editoriale Lloyd
Réalisation Octavo

Satoshi Kitamura

Moi
et mon chat?

GALLIMARD JEUNESSE

Tard dans la nuit, une vieille femme au chapeau
pointu entra par la fenêtre de ma chambre.
Elle brandit son balai dans ma direction et proféra
quelques mots. Puis elle partit sans dire au revoir...

– Nicolas, réveille-toi ! Tu vas être en retard à l'école.
C'est sûrement maman. C'est sûrement le matin,
une fois de plus.

Maman me traîna jusqu'à la salle de bains
et me força à me laver et à m'habiller.

En bas, elle interrompit mon petit déjeuner.
Elle était furieuse.
Elle me poussa jusqu'au bus de l'école.
J'étais parti…

pourtant j'étais toujours là…

« Comme c'est étrange », pensai-je en lissant
mes moustaches.

Mes MOUSTACHES?!

Je me précipitai à la salle de bains
et me regardai dans la glace.
Léonard, mon chat, me renvoyait son image.
Pourtant, ce n'était pas lui. C'était moi !
Je n'en croyais pas mes yeux.
Je m'étais transformé en chat !

« Pas de panique », me dis-je.
Je m'installai dans le fauteuil pour examiner
calmement la situation…
Je m'endormis.

Lorsque je me réveillai, je me sentais un peu mieux.
Ce n'était peut-être pas une catastrophe d'être
un chat.
Pour commencer, je n'avais plus besoin d'aller
à l'école !
Je sautai sur la table et, de là, en haut de l'étagère.
Quel bonheur ! Je n'aurais jamais pu faire *ça* avant.

Je m'élançai d'un bond vers l'armoire
de l'autre côté de la pièce…

OH LÀ LÀ !

Maman me jeta hors de la maison.

Tandis que je me promenais dans le jardin, Joconde,
la chatte des voisins, arriva et me lécha tout le visage.
Beurk !
« Il est temps d'aller faire un tour », décidai-je.

Le mur de brique était bien chaud sous mes pattes.

En arrivant dans le jardin de Mademoiselle Martin,
je vis Éloïse.
Une étrange sensation me parcourut.

Mademoiselle Martin m'avait donné Léonard quand
il était un chaton.
Léonard était le fils d'Éloïse.
Cela signifiait-il qu'elle était ma mère, maintenant?
« Miaou, Miam » (*coucou, maman*), appelai-je
timidement.
Elle m'ignora complètement.

Un peu plus loin, je tombai sur trois chats
à l'air méchant.
– Excusez-moi. Pouvez-vous me laisser passer ? dis-je.
– Non, va-t'en ! C'est notre mur, répondit l'un d'eux.
– Je pense que le mur appartient à tout le…
Mais avant que j'aie pu terminer ma phrase,
ils se ruèrent sur moi.

Nous voilà en train de nous battre à coups de patte
terribles, et finalement de tomber du mur, accrochés
les uns aux autres.

Ouaaaf! Ouaaaf! Ouaaaf!

Un chien arriva en courant dans notre direction,
aboyant furieusement.

Les chats s'enfuirent dans tous les sens.

C'était Bernard, le chien de Monsieur Stone.

C'était un gentil chien, mon préféré de la rue.

– Merci, Bernard. Tu es arrivé juste à temps...
Mais il me chassa du jardin.
Évidemment, il ne me reconnaissait pas !

Alors c'était donc ça, le monde dans lequel vivait
Léonard !
La vie était aussi difficile et compliquée que pour
les êtres humains.

Quand je rentrai à la maison, j'entendis un bruit
bizarre venant de la porte d'entrée.

C'était « moi » qui revenait de l'école, essayant
d'entrer dans la maison par la chatière.
Mais, est-ce qu'il était moi, « Nicolas » ?
Ou bien était-il le pauvre petit Léonard à l'intérieur
de mon corps ?

Une fois entré dans la maison, il continua
à se comporter singulièrement.
Il se gratta avec application et, quand il eut fini,
il se mit à attaquer ses chaussures.

Il nettoya son pull-over en le léchant, puis
passa un bon moment à se tailler les ongles.
Il avait l'air particulièrement fasciné
par le poisson rouge.

Il essaya de trier le linge, puis les pelotes
de laine... mais finit par y renoncer.

Il trouva le radiateur irrésistible et s'installa
dans la litière du chat.

Mais tout à coup il m'aperçut : manifestement,
il ne me trouva pas sympathique.

Maman remarqua enfin que quelque chose n'était
pas normal dans le comportement de son fils.
Elle finit par s'inquiéter tellement qu'elle appela
le docteur en lui demandant de venir immédiatement.

– Rien de bien sérieux, dit le docteur Horwitz.
Il est simplement un peu surmené. Mettez-le au lit
de bonne heure, et il sera sur pied demain.

Mais maman était toujours aussi angoissée.
Elle le prit dans ses bras toute la soirée.
J'étais désolé pour eux deux. Je grimpai sur
Léonard-en-forme-de-moi et lui caressai la joue.
Il ronronna. Alors, maman me caressa doucement.
Je me mis à ronronner à mon tour.

Tard cette nuit-là, la vieille femme au chapeau
pointu revint par la fenêtre de ma chambre.
– Excuse-moi, mon petit gars, je m'étais trompée
d'adresse, dit-elle.
Elle brandit son balai et proféra quelques mots.
Puis elle s'en alla sans dire bonne nuit.

– Nicolas, réveille-toi !
Tu vas être en retard à l'école.
J'entendis maman crier.
Tout était redevenu normal.

À l'école, Monsieur Hugo s'assit sur la table.
Il se gratta, lécha sa chemise et tomba dans
un profond sommeil jusqu'à la fin du cours.

Fin

folio benjamin

Dans la même collection :
Les Bizardos 2
par Allan et Janet Ahlberg
Les Bizardos rêvent de dinosaures 37
par Allan Ahlberg et André Amstutz
La plante carnivore 43
par Dina Anastasio et Jerry Smath
Le petit soldat de plomb 113
par Hans Christian Andersen et Fred Marcellino
La machine à parler 44
par Miguel Angel Asturias et Jacqueline Duhême
Si la lune pouvait parler 4
Un don de la mer 5
par Kate Banks et Georg Hallensleben
Le monstre poilu 7
Le roi des bons 45
Le retour du monstre poilu 8
par Henriette Bichonnier et Pef
Les cacatoès 10
Le bateau vert 11
Armeline Fourchedrue 12
Zagazou 13
Armeline et la grosse vague 46
Mimi Artichaut 102
par Quentin Blake
J'ai un problème avec ma mère 16
La princesse Finemouche 17
par Babette Cole
L'énorme crocodile 18
par Roald Dahl et Quentin Blake
Au pays des tatous affamés 107
par Lawrence David et Frédérique Bertrand
**Comment la souris reçoit une pierre
sur la tête et découvre le monde** 49
par Etienne Delessert
Gruffalo 51
par Julia Donaldson et Axel Scheffler
Le Noël de Folette 104
par Jacqueline Duhême
Fini la télévision ! 52
par Philippe Dupasquier
Je ne veux pas m'habiller 53
par Heather Eyles et Tony Ross
Tiffou vit sa vie 115
par Anne Fine et Ruth Brown
Mystère dans l'île 54
par Margaret Frith et Julie Durrell
Mathilde et le fantôme 55
par Wilson Gage et Marylin Hafner
C'est trop injuste ! 81
par Anita Harper et Susan Hellard
Suzy la sorcière 57
par Colin et Jacqui Hawkins
Chrysanthème 60
Lilly adore l'école ! 61
Juliette s'inquiète 108
par Kevin Henkes
La bicyclette hantée 21
par Gail Herman et Blanche Sims

Le dimanche noyé de Grand-Père 103
par Geneviève Laurencin et Pef
Solange et l'ange 98
par Thierry Magnier et Georg Hallensleben
Drôle de zoo 68
par Georgess McHargue et Michael Foreman
Bernard et le monstre 69
Noirs et blancs 70
par David McKee
Oh là là ! 19
Fou de football 24
Voyons... 25
But ! 71
par Colin McNaughton
Ma liberté à moi 110
par Toni et Slade Morrison et Giselle Potter
Trois histoires pour frémir 75
par Jane O'Connor et Brian Karas
Rendez-moi mes poux ! 9
La belle lisse poire du prince de Motordu 27
Le petit Motordu 28
Au loup tordu ! 78
Moi, ma grand-mère... 79
Motordu papa 80
Le bûcheron furibond 106
par Pef
Le chat botté 99
par Charles Perrault et Fred Marcellino
Les aventures de Johnny Mouton 29
par James Proimos
Pierre et le loup 30
par Serge Prokofiev et Erna Voigt
Le chameau Abos 105
par Raymond Rener et Georges Lemoine
Je veux mon p'tipot ! 31
Je veux grandir ! 84
Je veux une petite sœur ! 32
Le garçon qui criait : « Au loup ! » 33
Adrien qui ne fait rien 82
Attends que je t'attrape ! 83
Je ne veux pas aller à l'hôpital ! 111
par Tony Ross
Amos et Boris 86
Irène la courageuse 87
La surprenante histoire du docteur De Soto 88
par William Steig
Au revoir Blaireau 34
par Susan Varley
Tigrou 89
par Charlotte Voake
Vers l'Ouest 90
par Martin Waddell et Philippe Dupasquier
Blorp sur une étrange planète 36
par Dan Yaccarino
Le chat ne sachant pas chasser 93
La maison que Jack a bâtie 94
par John Yeoman et Quentin Blake
Bonne nuit, petit dinosaure ! 109
par Jane Yolen et Mark Teague